3個問號偵探團 5

海盜的墓穴

文 晤爾伏・布朗克
圖 阿力
譯 姬健梅

企劃緣起

現在，開始讀少兒偵探小說吧！

親子天下閱讀頻道總監／張淑瓊

閱讀也要均衡一下

為什麼要讀偵探小說呢？偵探小說是一種非常特別的寫作類型，臺灣這幾年奇幻文學大發燒，類似的故事滿坑滿谷；除了奇幻故事之外，童話或是寫實故事也是創作和閱讀的大宗。偵探和冒險類型的小說相對而言就小眾多了。不過，偵探小說在全世界可是佔有很大的出版比例，光是看這兩年一波波福爾摩斯熱潮，從出版、電視影集到電影，就知道偵探小說的魅力有多大了。

但在少兒閱讀的領域中，我們還是習慣讀寫實小說或奇幻文學為主，畢竟考試當前，升學掛帥，能撥出時間讀點課外讀物就挺難得了，在閱讀題材的選擇上，通常就會以市面上出版量大的、得獎的、有名的讀物爲主。殊不知，偵探故事是少兒最適合閱讀的類型，因爲它不只是一種文學，更是兼顧閱讀和多元能力養成的超優選素材。

成長能力一次到位

偵探小說是一種綜合多元的閱讀類型。好的偵探故事結合了故事應該有的精采結構、主角們在不疑之處有疑的好奇心和合理的懷疑態度，還有持續追蹤線索過程中的耐心與熱情，解答問題過程中資料的蒐集解讀、推理判斷能力的訓練，遇到難處或危險時需要的勇氣和冒險精神、機智和靈巧，還有和同伴一起團隊合作的學習，和面對彼此性格態度不同時的衝突調解和忍耐體諒。這些全部匯集在偵探小說的閱讀中，厲害吧！

閱讀偵探故事，可以讓孩子在潛移默化中培養好奇心、觀察力、推理邏輯訓練、資料蒐集能力、團隊合作的精神、人際互動的態度……等等。這麼優質的閱讀素材，怎麼能在孩子的閱讀書單中缺席呢！這就是爲什麼我們一直希望能出版一套給少兒讀的偵探小說系列。

閱讀大國的偵探啓蒙書

去年我們在法蘭克福書展撈寶，鎖定了這套德國暢銷三百五十萬冊、全球售出多國版權的【三個問號偵探團】系列。我們發現臺灣已經有了法國的「亞森羅蘋」、英國的「福爾摩斯」，還有我們出版的瑞典的「大偵探卡萊」，現在我們找到以自律、嚴謹聞名的閱讀大國德國所出版的「三個問號偵探團」，我們希望讓臺灣的讀者們也可以和所有的德國孩子一樣享讀這套「偵探啓蒙書」。跟著三個問號偵探團一樣，隨時準備好所有行動需要的工具，體會「空氣中突然充滿了冒險味道」的滋味，像他們一樣自信的說：「解開疑問就是我們的專長」。我們希望孩子們在安全眞實的閱讀環境中，冒險、推理、偵探、解謎！

推薦文

好文本×好讀者＝享受閱讀思考的樂趣

臺灣讀寫教學研究學會理事長／陳欣希

偵探故事是我最愛的文類之一。此類書籍能帶來「閱讀懸疑情節」和「與書中偵探較勁」的樂趣，但，能否感受到這兩種樂趣會因「文本」和「讀者」而異。以認知心理學的角度來看，「令人感興趣」即表示「大腦注意到並能理解」；容易被大腦注意到的訊息有兩種：新奇和矛盾，讀者愈能主動比對正在閱讀的訊息與過往知識經驗的異同，愈能將文字敘述轉爲具體畫面並拼出完整圖像，就愈能享受閱讀思考的樂趣。但，正邁向成熟的小讀者，仍在培養這種自動化思考的能力，於是，文本的影響力就更大了。

了解前述原理，再來看看【三個問號偵探團】，就不難理解這系列書籍能讓人一口氣讀完而忽略長度的原因了。

「對話」，突顯主角們的關係與性格

文中的三位主角就像其他偵探一樣，有著「留意周遭、發現線索、勇於探查」的特質，不一樣的是，多了「合作」。之所以能合作，友誼是主要條件，但另一條件也不可少，即，各有專長。此外，更不一樣的是，這三位主角也會害怕、偶爾也會想退縮，但還是因爲友誼，外加「幽默」，讓他們即使身陷險境，仍能輕鬆以對。要如何感受到三位偵探間的深厚情誼以及各自鮮明的個性特質呢?請留意書中的「對話」!

「情節」，串連故事線引出破案思惟

情節安排常會因字數而有所受限制，或是案件的線索太明顯、眞相呼之欲出，連讀者都能很快的知道事件的原由；或是線索太隱密，讓原本就過於聰明的偵探一眼識破，而一頭霧水的讀者只能在偵探解說時才恍然大悟。這系列書籍則兼顧了兩者。書中的數個情節，看似無關，但卻有條細線串連著。只要讀者留意一些看似突兀的插曲，留意加入故事的新人物，其實不難發現這條細線，更能理解主角們解決案件的思惟。

【三個問號偵探團】這系列書籍所提到的議題，是十歲小孩所關切的。再加上文字描述能讓讀者理解主角們的性格與關係，讓讀者有跡可尋而拼湊事情的全貌。簡言之，對十歲小孩來說，此類故事即能帶來前述「閱讀懸疑情節」和「與書中偵探較勁」的雙重樂趣。對了，想與書中偵探較勁嗎？可試試下列的閱讀方法：

閱讀中

根據文類和書名以形成假設
（我知道偵探故事有哪些特色，再看到書名，我猜這本書的內容是什麼？）

↓

尋找線索以形成更細緻的假設
（我注意到作者安排另一個角色或某個事件，可能與故事發展有關……）

↓

帶著假設繼續閱讀
（我注意到的線索、形成的假設，與書中偵探的發現有何異同？）

↓

連結線索以檢視假設
（哪些線索我比書中偵探更早注意到？哪些線索是我沒留意到？是否回頭重讀故事內容？）

推薦文

【三個問號偵探團】＝偵探動腦＋冒險刺激＋幻想創意

閱讀推廣人、《從讀到寫》作者／林怡辰

「老師，你這套書很好看喔！我在圖書館有借過！」、「我覺得這集最好看，老師這本你可以借我嗎？」自從桌上放了全套的【三個問號偵探團】，已經好幾個孩子過來「關注」：刺激、有趣、好看、一本接一本停不下來。都是他們的評語。

是的，【三個問號偵探團】就是一套放在書架上，就可輕易呼喚孩子翻開的中長篇偵探故事，每一本書都是一個驚險刺激的事件，場景從動物園、恐龍島、幽靈鐘、鯊魚島、古老帝國、外星人……光看書名，就覺得冒險刺激的旅程就要出發，隨著旅程探險，案件隨時就要登場！

故事裡三個小偵探，都是和讀者年齡相仿的孩子，十歲左右的年齡，帶著小熊軟糖、到達祕密基地，彼此相助和腦力激盪；勇氣是標準配備，細心觀察和思考是破案關鍵；好奇加上團隊合作，搭配上孩子最愛動物園綁架、恐龍蛋的復育、海盜、幽魂鬼怪神祕、幽靈船的膽戰心驚、陰謀等關鍵字。無怪乎，這套德國出版的偵探系列，一路暢銷、至今不墜，也輕易擄獲眾多國家孩子的心。

最值得一談的是，在書中三個小主角身上，當孩子閱讀他們的心裡的話、思考的模式：正面、善良、溫柔、正義；雖有掙扎，但總是一路向陽。讀著讀著，正向的成長性思維和不畏艱難的底蘊，輕鬆遷移到孩子大腦。

而且，這套偵探書籍和其他偵探系列的最大不同，除了場景都有豐富的冒險元素外，敘述和文字掌控力極佳，翻開書頁彷彿看見一幕幕畫面跳躍過眼簾，細節顏色情感，讀來感嘆萬千。不只偵探的謎底和邏輯，文學的情感和思考、情緒和投入，更是做了精采的示範！

在細緻的畫面中，從文字裡抽絲剝繭，一下子被主角逗笑、一下子就緊張的捏緊了拳頭。理解、整合、思考、歸納、分析，文字量適合剛跳進橋梁書的小讀者，當成偵探小說的第一次接觸。在享受文字帶來的冒險空氣裡、抓緊了書頁，靈魂跳進了迷幻多彩的偵探世界，大腦不禁快速運轉，在小偵探公布謎底前，捨不得翻到答案：「解開疑問就是我們的專長！」怎麼可以輸給三個問號偵探團呢！

就讓孩子一起乘著書頁，成爲三個問號偵探團的第四號成員，讓孩子靈魂一起在文字裡探索、線索中思考、找到細節解謎，享受皺眉困惑、懸疑心跳加速，最後較量著誰能提早解謎，在三個偵探團的迷人偵探世界翱翔吧！

推薦文

值得被孩子看見與肯定的偵探好書

彰化縣立田中高中國中部教師／葉奕緯

在破舊鐵道旁的壺狀水塔上，一面有著白藍紅三個問號的黑色旗幟，隨風搖曳著，而這裡就是少年偵探團：「三個問號」的祕密基地。

開頭便用破題的方式進入事件，讓讀者隨著主角的視角體驗少年的日常生活，也在他們推敲謎團並試圖解決的過程中逐漸明白：這是團長佑斯圖的「推理力」，加上鮑伯的「洞察力」以及彼得的「行動力」，三個小夥伴們齊心協力，冒險犯難的故事。

而我們未嘗不也是這樣長大的呢？與兒時玩伴建立神祕堡壘、跟朋友間笑鬧互虧、跟夥伴玩扮家家酒的角色扮演，和大家培養出甘苦與共的革命情感——我們都是佑斯圖，也是鮑伯，更是彼得。

從故事裡不難發現，邏輯推理絕不是名偵探的專利。我們只需要一些對生活的感知力，與一點探索冒險的勇氣，就能擁有解決問題的超能力。

某日漫步街頭，偶然看見攤販店家爲了攬客而掛的紅色布條，寫著這樣的宣傳標語：「感謝XX電視台、〇〇新聞台，都沒來採訪喔！」看似自我解嘲的另類行銷，其實也在默默宣告著：「我們沒有強大的外援背書，但我們有被人看見的自信。」

【三個問號偵探團】系列小說，也是如此。

沒有畫著被害人倒地輪廓的命案現場、百思不解的犯案過程，以及天馬行空的破案手法等各式慣見的推理元素，書裡都沒有出現；有的是十歲孩子的純眞視角、尋常物件的不凡機關、前後呼應的橋段巧思，以及良善正向的應對態度。

或許不若福爾摩斯、亞森羅蘋、名偵探柯南、金田一等在小說與動漫上的活躍知名，但本書絕對有被人看見的自信，也值得在少年偵探類受到支持與肯定。

我們都將帶著雀躍的心情翻開書頁，也終將漾著滿足的笑容闔上。

來，一起跟著佑斯圖、鮑伯與彼得，在岩灘市冒險吧！

目錄

人物介紹

藍色問號：彼得·蕭

年齡：十歲

地址：美國岩灘市

我喜歡：游泳、田徑運動、佑斯圖和鮑伯

我不喜歡：替瑪蒂妲嬸嬸打掃、做功課

未來的志願：職業運動員、偵探

紅色問號：鮑伯．安德魯斯

年齡：十歲

地址：美國岩灘市

我喜歡：聽音樂、看電影、上圖書館、喝可樂

我不喜歡：替瑪蒂妲嬸嬸打掃、蜘蛛

未來的志願：記者、偵探

白色問號：佑斯圖．尤納斯

年齡：十歲

地址：美國岩灘市

我喜歡：吃東西、看書、未解的問題和謎團、破銅爛鐵

我不喜歡：被叫小胖子、替瑪蒂妲嬸嬸打掃

未來的志願：犯罪學家

1

諾提魯斯號

今天的岩灘市很熱鬧，街道上人來人往，大家都忙著進行週末的大採購。一輛觀光巴士大聲響著喇叭，穿過一條狹窄的街道。佑斯圖·尤納斯在人群中閒逛，無聊的從一家家商店前面走過。鮑伯·安德魯斯跟在他旁邊晃來晃去，一邊用身上的T恤把眼鏡擦乾淨，一邊說：「佑佑，我們不要等彼得一下嗎？」

「他一會兒就會跟上來了。反正他也沒錢買東西。」

事實的確如此。彼得把鼻子壓在一家電腦用品店的櫥窗上，眼巴巴的看著。不過，沒多久他就急忙追上了他的兩個朋友。「要想把這些東西全買下來，非得中樂透才行。」彼得嘆了一口氣，把一個空可樂罐踢到人行道上。

「如果不是中樂透，就是要挖到金礦。」鮑伯笑著說：「要想發財，沒有別的辦法。」三個人都笑了。這時候他們還料想不到接下來會發生什麼事。

太陽高高掛在城市的正上方，唯一免費的消暑地點就是市中心的噴泉。彼得率先趴在噴泉邊緣，把頭浸在水裡。佑斯圖和鮑伯也學他，三個腦袋全都消失在水裡好一會兒。一位牽著短腿小獵狗的老太太看見了，不以為然的搖搖頭。過了幾秒鐘，佑斯圖的腦袋又冒了出來，他大口的吸氣。接著鮑伯也從水裡抬起頭來，一邊喘氣。只有彼得繼續把頭浸在水裡。

「能夠憋氣憋這麼久，他搞不好原本是一條魚。」佑斯圖說。

鮑伯一邊戴上眼鏡，一邊說：「說不定他耳朵後面長了鰓喔。」

又過了一分鐘，彼得才從水裡出來。

佑斯圖朝彼得的耳朵後面看了一眼，笑著說：「我什麼也沒看見。」

「如果他沒有鰓，那他大概是用腦袋呼吸的！」鮑伯說。彼得覺得這一點也不好笑，朝他的兩個朋友身上潑水。沒多久，他們三個就打起一場激烈的水仗。老太太趕緊把她的短腿獵狗抱起來。

過了一會兒，他們玩得全身都溼透了，筋疲力盡的坐在噴泉邊緣。他們心滿意足，在加州的陽光下瞇起眼睛。

那輛響著喇叭的觀光巴士已經停車，乘客從打開的車門陸陸續續下車，走到廣場上。大部分的人都拿著照相機，向四面八方拍個不停。佑斯圖打量著這些觀光客，納悶的說：「這些人來這裡幹麼？話說回來，最近觀光客是愈來愈多了。」

「有一天岩灘市會比好萊塢更有名喔。」彼得笑著說，並假裝把一架攝影機舉在面前。

突然，一個沙啞的聲音從遠處傳來，漸漸的愈來愈清晰。三個男孩看見一輛掛著彩色海報的卡車逐漸接近。

卡車的載貨臺上站著一個胖胖的男人，留著鬍子，穿著制服，用沙啞的聲音對著擴音器大聲喊：「請注意，請注意！千萬別錯過岩灘市最新的觀光景點：尼莫斯船長的『諾提魯斯號』。請各位到漁人碼頭，距離市區只有幾公里，來觀賞太平洋奇妙的海底世界。」

「看來他就是尼莫斯船長本人。」鮑伯猜想。

這輛卡車朝著那群觀光客開過去，停在觀光巴士旁邊。

「請注意，請注意！請各位現在就來買票參加海底奇觀之旅。前五名可以獲得免費贈票！」

佑斯圖、彼得和鮑伯互相看了一眼，彷彿有人一聲令下，在不到一秒鐘的時間裡，他們就一起衝了出去。幾個觀光客也打著同樣的主意，衝往同一個方向。最先跑到卡車旁邊的當然是彼得，沒多久鮑伯也到了。佑斯圖被一對年輕情侶超前，但還是搶到了第五名。

「這樣就對囉，各位先生、女士，動作要快，不然票就賣完了。我答應過要免費送出幾張票，其他的人只要花十美元就能買到一張，兒童跟老年人的票價也一樣。」

佑斯圖、彼得和鮑伯開心的把免費的票拿在手裡。

「太棒了。不過，我們贏到的究竟是什麼東西呢？」鮑伯高興的問。

「不知道，」佑斯圖還在喘氣：「可是我喜歡這種問題。」

2 海上觀光

三個問號好奇的打量那幾張免費船票。

「我覺得這好像是一艘潛水艇，」彼得猜測：「不過，我們還是等著揭曉這個驚喜吧。」

這時候，幾乎每個觀光客都買了一張票，巴士司機和尼莫斯船長偷偷的互相眨眼，看來他們彼此熟識。

突然，一個白鬍子的老人站在卡車前面，喊著：「男孩寶寶也

要，也要。魔鬼和船怪。男孩寶寶也要！」

尼莫斯船長訝異的看著這個人。「老爺爺，你是怎麼回事？」

巴士司機朝他們兩個走過來。「尼莫斯，你別在意，這個老爺爺不會惹麻煩。他一點也不危險，只可惜他的腦袋瓜裡只有一團布丁。對不對，老男孩寶寶？你腦袋裡只有布丁，對吧？」

老人點點頭說：「布丁……對……男孩寶寶喜歡布丁……準備戰鬥。男孩寶寶也要……也要。」他開始像個小小孩一樣在原地跺腳，巴士司機把手放在他肩膀上安撫他。

司機對船長說：「尼莫斯，也給這個老爺爺一張免費船票吧，讓他老人家也能開開眼界。男孩寶寶住在岩灘市已經很久很久了，沒有人知道他年紀多大，只知道他的智力就像個三歲小孩。可憐的傢伙。」

尼莫斯船長不情願的從外套口袋裡掏出一張票，遞給老人。老人高興的跳起來，長長的鬍子也跟著上下跳動。

船長說：「嗯，算了，只要這個老爺爺別暈船就好，免得他在船上吐得到處都是。好了，各位先生、女士，我們半個小時之後開船，大家在漁人碼頭見囉。」

觀光客和老人上了巴士，隨著卡車一起出發。佑斯圖、彼得和鮑伯打算騎腳踏車過去，但是他們的腳踏車還鎖在警察局前面。

「動作要快喔，半個小時很短。我們可不能錯過搭船時間！」彼得一邊喊，一邊拔腿就跑。

沒多久他們就把市區拋在身後，騎向無比遼闊的海洋。陽光在深藍色的海面閃爍，海鷗在遠處盤旋。一會兒之後，他們看見那輛觀光巴士停在碼頭。

「大家都走了。我們要快一點！」彼得催促他的朋友。

他們沒花什麼時間就找到了尼莫斯船長的船。一艘現代遊輪停在堤岸旁，整艘船上懸掛著彩色的小旗子，船身側面漆著大大的幾個字：諾提魯斯號。那群觀光客有的倚在船舷的欄杆上，有的舒舒服服的坐在躺椅上。

佑斯圖、彼得和鮑伯是最後上船的幾個人。他們才爬上甲板，就聽見船長大聲喊道：「解開纜繩出發囉！各位先生、女士，歡迎來到地平線上最漂亮的一艘船，歡迎來到海洋世界。」

接著柴油引擎轟隆隆的響起，輪船駛向海面。

觀光客們拍下了老舊的海港入口，也拍下了停留在海面浮標上的每一隻海鷗。

「這看起來不像是一艘潛水艇。」佑斯圖說。

今天吹著微風，海面上只有平緩的長浪。尼莫斯船長把船朝著南方駛去，船的左手邊是擁有陡峭岩石的海岸——岩灘市的名字就是這樣來的。巨大的峭壁聳立在水中，突出水面好幾公尺。

船長用擴音器通報：「我們馬上就要接近魔鬼礁了。已經有好幾艘船在這裡擱淺之後沉沒。這座暗礁就在我們正前方，在海中一直向前延伸，直到各位右手邊的那座岩石小島。那座小島上有一座燈塔，用來警告經過的船隻這裡有淺灘。從前還沒有燈塔的時候，島上夜裡會生起熊熊的火堆，向來往的船隻示警。凡是不熟悉這塊水域的人，就得準備好跟海底的魚打招呼了。」

大家聽了都笑了。老男孩寶寶開心的迎著風吐口水，唱著：「冰雹和榴彈……暴風在呼喚……大家一起用力划……」

「他小時候看太多海盜片了。」鮑伯笑著說。

接著船長關掉引擎，這艘船幾乎無聲的在藍得透明的海水中滑行。

「好了，各位先生、女士，時候到了。我邀請各位來做一趟奇妙的海底世界之旅。」尼莫斯船長邊說邊從駕駛艙裡走出來，接著打開一扇木門。「各位請進，小心別讓鯊魚給咬了！」

大家一個接一個的走進門後的狹窄通道，三個問號也擠在人群中，跟著爬下一道很陡的鐵梯。下面伸手不見五指，眼睛得要先適應那一片黑暗。接著他們抵達了一個長形的大空間，是這艘船的內部。外面的海水輕輕拍打著船壁。

這時彼得張大了嘴巴，驚訝的看著前方地面：「哇，整個地板都是玻璃做的！」

3 海底世界

此刻彷彿置身於一個大型水族館，大家擁擠的站著，仔細觀察海底深處。腳下是船長先前提到的巨大礁石，礁石上長滿了密密麻麻的海草和海藻，隨著波浪搖曳。佑斯圖、彼得和鮑伯找到了前排的位置，五顏六色的魚從他們腳下游過，奇景當前，沒有人敢大聲說話。

「你們看那邊！」佑斯圖小聲的說，指著一隻受到驚嚇而逃走的大墨魚。「諾提魯斯號」從礁石上緩緩滑過，三個男孩都趴在地板，把鼻子貼在那片玻璃上。現在他們放眼望去只看見海水，彷彿他們就在海裡游泳。

突然，一道藍色的影子在他們下方移動。佑斯圖、彼得和鮑伯嚇得呆住了，忘了呼吸。不過，他們隨即鬆了一口氣。「你們看，那是一隻海豚。」彼得小聲說，看得入迷。

那隻海豚從玻璃底下慢慢滑過去，用嘴巴輕觸透明的船身，彷彿在向他們三個微笑。假如沒有那片玻璃，他們就能摸到海豚光滑的皮膚。過了一會兒，牠用尾鰭用力一拍，一溜煙的消失了，動作就跟牠來的時候一樣快。

海水逐漸變得愈來愈淺，大家愈來愈能清楚看見海底。海膽擠在礁石上，數不清的貝殼散布在多沙的海底。尼莫斯船長小心翼翼的把船從礁石旁邊開過去。

「你們也看見了我看到的東西嗎？」佑斯圖忽然興奮的輕聲說：「前面那些東西很明顯是船隻的殘骸，在那邊：一半被埋在沙子裡，到處散布在海底。這些殘骸有的看起來像是鐵做的，有的是木頭。更前面的地方還有更多。」

三個男孩都很興奮。其他的乘客此時也都好奇的在海底尋找著，有人指著一條生鏽的錨鍊，大家在船艙裡大聲討論起所發現的每一件東西。

老男孩寶寶開心的拍手唱著：「全速後退……有人落水……聖安

東妮雅……」

當海水變得太淺，船長把船掉了個頭，再駛回大海上。他的聲音從擴音器裡傳出來：「各位先生、女士，我沒有誇大其詞吧？大海的神祕世界藏有許多美景，也藏有許多危險。各位剛才看見的是兩艘船的殘骸，那兩艘船在這座礁石上沉沒。這一塊海域是潛水夫和業餘尋寶者喜歡來的地方。不過到目前為止，除了老舊的鐵盤子以外，沒有人找到過別的東西。」

看來，這三個小偵探不是最早發現這些殘骸的人。他們有一點失望，再爬回甲板上。佑斯圖從褲子口袋裡掏出一些餅乾屑，朝那些海鷗扔過去。

「我倒想知道，那些潛水夫是不是把所有的地方都仔細找過了？」佑斯圖喃喃自語。

「你這話是什麼意思？」彼得詫異的問。

「誰知道，說不定他們漏掉了什麼。沙子一定把很多東西都蓋住了。那個地方的海水頂多只有兩、三公尺深，而且距離海岸不到一百公尺。」佑斯圖看著他的兩個朋友，三個人都想著同一件事：他們決定自己到那個地方潛水。

半個小時後，「諾提魯斯號」再度在碼頭旁繫上纜繩。

「歡迎各位在不久之後再度光臨。『諾提魯斯號』隨時歡迎您！」尼莫斯船長大聲說。不過，三個問號已經聽不見他說的話。他們早就跳上腳踏車，騎上返回市區的路。

佑斯圖騎在最前面，他發號施令：「好，彼得，你去拿你的潛水面鏡和蛙鞋。鮑伯去找一條長繩子，我會帶一個充氣墊來。然後我們在前往聖塔莫妮卡的十字路口會合。我已經把沉船的位置記清楚了。」

佑斯圖的兩個朋友不敢反駁，他們知道：佑斯圖想做的事，誰也攔不住。

4

尋寶

鮑伯是最後一個抵達約好的集合地點。

佑斯圖看見他走過來，對著他喊：「你怎麼這麼慢？」

「我向我媽解釋了好久，我拿這條繩子的用途。」鮑伯替自己辯解。

「那你是怎麼說的呢？」

「我說我們要用來玩拔河遊戲。嗯，這也不算說謊啦。」

接著三個人就跳上腳踏車，沿著濱海公路騎。公路的右邊是濃密的矮樹和灌木叢，樹叢後面就是太平洋，聽得見浪濤拍岸的聲音從遠處傳來。

佑斯圖觀察了一下四周的地形。「那個地點應該就在這附近。來吧，說不定我們運氣很好。」

現在他們得吃力的走在布滿石頭的地面，不能再騎車了——離開了平坦的公路，要前進就沒那麼容易。他們經過一大片野草叢生的岩石地，通往陡峭的海岸。從這條路可以看見一望無垠的大海，下方是個小小的海灣，海灘上都是石頭。

「你說的沒錯，佑斯圖，」彼得稱讚他的朋友：「那邊就是我們在船上看見的那座小島。沉船殘骸的位置應該就在小島前面。」鮑伯拿出那條長繩子，把繩子的一端緊緊綁在一棵樹上。「那我們就走吧。幸好這裡還不算太陡。」他勇敢的用雙手抓住繩子，爬下陡峭的岩壁。他慢慢往下移動，不久之後就平安落地，向他的兩個朋友招手：「下來吧！簡單得很。」

佑斯圖先把氣墊扔下去，然後抓緊了繩子。他心裡有點害怕，但沒有表現出來，畢竟這整件事都是他的主意。他最擔心的是繩子是否撐得住他的重量，因為在三個人當中，他的體重最可觀。不過，一會兒之後，他就開心的站在鮑伯旁邊。而對靈活的彼得來說，爬下去一點都不難。三個人合力把氣墊吹起來，再把氣墊推進水裡。

「全員到齊！」佑斯圖笑著說，跨坐在漂浮的氣墊上。就這樣，他們三個往那座小島的方向划過去。彼得戴上潛水面鏡，套上蛙鞋。划了大約一百公尺以後，彼得喊道：「我從這裡潛水下去看看！」戴著潛水面鏡說話，他的聲音聽起來就好像他捏住了鼻子。彼得從氣墊上滑進水裡，深深吸了一口氣，就消失在海浪之中。

「現在彼得應該讓我們瞧瞧，他是不是像魚一樣長了鰓。」鮑伯笑著說。彼得在水底待了很久，過了兩分鐘，他才在幾公尺之外浮出水面。

「怎麼樣？你發現什麼了嗎？」佑斯圖問。

「還沒有，我還要再下去一趟。」

彼得的腦袋一會兒短暫的浮出水面，一會兒消失在水中。佑斯圖和鮑伯坐在氣墊上，任由海浪推著他們在水上漂來漂去。忽然，彼得興奮的向他們揮動手臂：「到這邊來！我想我找到了生鏽的錨鍊。」他吸了一大口氣，用力划了幾下，潛進水中。那個地方的深度超過三公尺，他的耳朵能感覺到海水的壓力。在清澈的水中很容易就能認出那條錨鍊——鐵鍊上覆蓋著一層鏽，鍊子的一部分被埋在沙子裡。彼得抓住鐵鍊，可是鍊子太重了，根本拖不動。等他再度浮出水面吸氣，佑斯圖和鮑伯也已經游過來了。

彼得說：「那條錨鍊太重了，我們別想把它撈起來。不過，我要再下去到處看看。」一會兒之後，他就開始用雙手挖海底的沙子。斷裂的船板從好幾個地方露出來，那整艘船想必是在礁岩上撞爛了。彼得再度潛入水底時，注意到一個樣子很奇怪的貝殼，比一般的貝殼大得多，而且形狀很特別。當他把貝殼拿在手裡，驚訝的發現它居然很重。他費了很大的力氣，才帶著這個貝殼浮上水面。當佑斯圖和鮑伯想把貝殼從水裡拉出來，才真正感覺到它實際上有多重。他們把貝殼放在

氣墊上，三個人游在氣墊旁邊。

「就算我們沒有找到寶藏，至少找到了全世界最胖的貝殼。」彼得笑嘻嘻的說。

他們把找到的寶貝拖上岸，放在一塊岩石上。佑斯圖最先有了發現：「這才不是貝殼呢，我覺得它看起來比較像……像個鐘。」等他們更仔細的檢查過這個看似貝殼的東西，才發現它肚子裡甚至還有鐘舌（註①）。那根鐘舌上黏著許多珊瑚和小貝殼，變成一團看不出形狀的東西。

「太棒了！那些潛水夫沒有把好東西都撈走，還是留了一些給我們。」鮑伯得意的說。

他們決定要把鐘上的珊瑚去掉，於是先把它綁在繩子上，等三個男孩先後爬上岩壁，最後再把鐘拉上去。

當他們把鐘緊緊綁在彼得腳踏車的後座上，鮑伯說：「我敢打賭，鐘上刻有那艘沉船的名字。」他們打算騎車去他們的祕密基地，在那裡好好檢查一下這個鐘。

不久之後，他們經過一個加油站，彼得突然停下來。「你們有看見在那邊洗車的那個人嗎？他用的是高壓清洗機，我爸以前也有一個。從一個噴管裡噴出力道非常大的水柱，什麼髒東西都沖得掉，珊瑚一定也可以。」

「那我們就去問問那個人，看他能不能把機器借我們用一下。」

佑斯圖做了決定。

那個人穿著黃色雨衣，戴著一頂很大的遮陽帽，正用高壓清洗機把水柱噴向汽車的引擎蓋。當三個問號接近他身邊，他們還聽見他一邊在唱歌：「拿酒來，拿酒來……不然我就會昏倒……一千個水手……嚇得屁滾尿流……」突然他不再作聲，朝三個男孩轉過身來。

那個人是老男孩寶寶。

註① 「鐘舌」指的是懸掛在一口鐘裡面的那根小錘子，小錘子撞擊到鐘的內壁時，鐘就會發出聲音。

5 洗乾淨的鐘

老人認出了三個問號，開心的對他們笑了笑，就繼續做他的工作。

「對不起，打擾了，請問我們可以借用您的高壓清洗機嗎？」彼得很有禮貌的問。男孩寶寶似乎沒聽懂這個問題，又唱起歌來。

「我們還是走吧，這個老爺爺腦袋裡還真的只有布丁。」鮑伯做了決定。

他們正想要走開，一個身穿藍色連身工作褲的男子從加油站出來，朝他們走過來。

「你們想要幹麼？」他不高興的大聲問，一雙大手沾滿了油汙。彼得又重複了一次他的請求。當男子看見那個鐘，他的表情才友善了一點：「你們倒是從水裡撈出了一件奇怪的東西。男孩寶寶，把噴水器給我一下，我自己要用。」

老人不得不把噴水器交出去，露出難過的表情。

「小朋友，你們不必害怕老男孩寶寶，他一點也不危險。老爺爺，我這話說得沒錯吧？他就只聽我一個人的話。沒有人知道他是從哪裡來的，也沒有人知道他年紀多大了。男孩寶寶住在我的加油站已經很多年了，只要他能幫忙我做一點事，他就可以住在這裡，也有東西可吃。嗯，現在讓我們來把這個奇怪的東西洗乾淨吧。對了，我叫做喬瑟夫．米勒，不過，大家都叫我喬。」接著他按了高壓清洗機上的一個按鈕，一道強有力的水柱就從水管裡噴出來。鐘上的珊瑚和小貝殼紛紛剝落，飛了出去，在空中畫出高高的弧形。鐘上那層東西被一點一點的除去，下面的金屬發出閃亮的光澤。

「銅的好處就在這裡，它不會生鏽。」米勒笑著說。

過了一會兒，鐘上多餘的東西就一點也不剩了。

「看起來就像新的一樣。」鮑伯高興的說。

米勒拿了一塊布，把鐘擦拭乾淨。「這玩意兒很有意思。你們聽，它還能發出好聽的聲音呢。你們到底是在哪裡找到的？」

彼得向他說起海中的那個地點。

「噢，在魔鬼礁那裡。我自己也去那邊潛水過幾次，因為潛水尋找沉船是我的嗜好。可是除了幾個盤子和一些破銅爛鐵，我什麼也沒找到。曾經有兩艘船在暴風雨中撞上那片礁石，立刻就沉沒了。時間大概是在八十多年以前——至少文獻資料上是這麼說的。一艘船要是在夜裡駛進那片礁石，就一點生存的機會也沒有。船隻會在礁石

之間被擠碎，就像被一個巨大的胡桃鉗給夾碎。沒有人能夠生還。」

「可是，當年在礁石前方的小島上，夜裡不是會升起火堆嗎？應該能夠警告那些水手才對呀？」佑斯圖感興趣的問。

「看來你們知道的不少。當年的確有這種示警的火堆，就因為這樣，沉船的事才令人想不透。我們來看看，你們找到的鐘上面寫了什麼！這裡刻著那艘船建造的年份：一八九二。由此可見，這的確是艘老船。下面刻著那艘船的名字：聖安東妮雅。這就對了，這是那兩艘沉船中的其中一艘。」

佑斯圖捏著自己的下脣。「聖安東妮雅……聽起來有點耳熟，我在哪裡聽過這個名字呢？」

但他不需要多想，因為老男孩寶寶自己解開了這個謎題。當佑斯圖重複唸出那艘船的名字，老人自動拍起手來，又開始唱歌：「聖安東妮雅……暴風在呼喚，而你屬於我……聖安東妮雅，你是獻給海盜的禮物……」三個問號聽了詫異的看著彼此。

米勒把手擱在老人肩膀上，笑著說：「你們不必想太多，老爺爺整天都在唱歌。他聽到了什麼，就跟著亂唱。」

三個男孩出於直覺，沒有說出老人在「諾提魯斯號」上就曾唱出這個名字。他們向米勒道謝，小心翼翼的把擦亮的鐘又抬回腳踏車上。

「恭喜你們找到這個好東西。根據法律，找到的寶藏多半屬於國家的財產，你們應該把拾獲的東西交給政府。不過，又有誰會交出去呢？別擔心，我不會去檢舉你們，再說，這個鐘也沒有太高的價值。我一直還等著在海裡發現真正的金礦。如果發現了，我也保證不會去向政府通報。假如去通報，寶藏會被送進博物館，而政府人員只會跟我握握手，再頒給我一枚獎章。我才不幹呢……不過，也許我應該再到魔鬼礁那邊潛水，說不定還有更多我之前沒看見的東西。看來是最近的洋流沖走了許多沙子，讓一些東西又露了出來。」

當三個問號騎著腳踏車離開，他們聽見老男孩寶寶又在大聲唱著：「聖安東妮雅……你帶來幸運……聖奧莉維亞，聖艾絲美拉達，聖伊莎貝拉，我的愛人……到魔鬼的洞穴來。」

6 祕密基地

現在已經接近傍晚，空氣涼爽多了，令人舒暢。佑斯圖、彼得和鮑伯沿著濱海公路騎回岩灘市。半途中有一條長滿野草的岔路，通往內陸。

這三個男孩有明確的目的地。他們在這裡轉彎，騎上這條崎嶇不平的小路，綁在後座的鐘叮叮咚咚響。

這條小路直接通往他們的祕密基地「咖啡壺」——那是一座廢棄

的水塔，從前用來供水給蒸汽火車頭使用，位在已經棄置不用的鐵軌旁邊，軌道上長滿了野生植物。水塔的樣子像個大木桶，由木頭架子支撐，從矮樹叢中冒出來；水塔的側面有一根彎曲的管子，用來替火車頭加水。乍看之下，它的確像個巨大的咖啡壺。塔的下方有一段很粗的水管通往水塔內部，管子上焊著一根根水平鋼條，像梯子一樣。

三個問號把腳踏車停好，彼得踩著充當梯子的鋼條往上爬，他只需要打開水塔底部的木頭蓋子，就能爬進咖啡壺裡。「現在把鐘遞給我！」他朝下面喊。

「你說得倒容易，你明明知道這東西重得要命。」鮑伯嘀咕了一句。不過，他和佑斯圖一起合作，還是成功的把鐘遞上去。彼得從上面接過了鐘，擺在一個用舊木箱做成的架子上。

只要有事情需要討論，這三個小偵探就會到咖啡壺來。這一次，他們要商量的事情可多了。彼得坐下來，背靠著水塔內壁，他首先發言：「如果米勒說的沒錯，我們得馬上把鐘交出去，不然就會惹上麻煩。」

佑斯圖要他放心：「我們還不能百分之百確定一定要把鐘交出去。就算必須交出去，晚個一、兩天應該也沒有關係。反正沒人知道有這個鐘存在。在我們還沒弄清楚它的祕密之前，它可以留在這裡。」

「什麼祕密呢？佑佑。我們知道這個鐘是『聖安東妮雅號』上的東西，事情就這麼簡單，它還能透露什麼訊息呢？」鮑伯訝異的問。

佑斯圖用T恤擦掉額頭上的汗水。「嗯，我覺得很奇怪，在我們搭船經過魔鬼礁的時候，一個頭腦不清楚的老人居然會大聲說出那艘船的名字。」

「說不定那只是巧合。也許他剛好從哪裡聽到了那個名字。」彼得反駁他。

「這種巧合也未免太奇怪了。男孩寶寶連自己的名字都不知道，卻能夠一口氣說出好幾艘船的名字。」佑斯圖說。

彼得聳聳肩膀：「那又怎麼樣？在那裡沉沒的船的確有好幾艘。」

「說是好幾艘，其實是兩艘。可是，那個老爺爺卻一口氣唸出了四艘船的名字：聖安東妮雅——就是我們找到的鐘上面刻的名字，還有聖奧莉維亞、聖艾絲美拉達和聖伊莎貝拉。」佑斯圖背出這四個名字，他的記憶力再一次令彼得和鮑伯吃驚。

「這表示什麼呢？」彼得問。

「這表示的確是有一個祕密，而答案也許就躺在海底。我們明天應該再去那裡潛水。」佑斯圖說。

他的兩個朋友被他說服了，於是三個男孩約好隔天在咖啡壺碰面。

等他們爬出咖啡壺，天空已經被夕陽染成了紅色。不久之後，他們就各自回家。

佑斯圖跟提圖斯叔叔和瑪蒂妲嬸嬸一起住，他們住在岩灘市郊外的舊貨回收場。佑斯圖遠遠就看見入口處大大的招牌：提圖斯．尤納斯，舊貨買賣。叔叔認為自己買賣的東西是舊貨，而不是廢棄物，這一點他很在意。

佑斯圖把腳踏車靠在屋外的走廊上。從廚房的窗戶裡，他看見瑪蒂妲嬸嬸正在準備晚餐。就在這一刻，他聽見自己的胃正咕嚕咕嚕的響。

幾秒鐘之後，他就坐在餐桌旁。

「你們幾個今天一整天又去哪兒閒晃啦？」嬸嬸問。

「喔，隨便到處逛逛。」

「怪了，每次你跟你朋友隨便到處逛逛，就會惹出一場災難。」

她說。

這會兒提圖斯叔叔也進了廚房，他笑著說：「哈囉，佑斯圖，你看起來餓壞了。忙到沒時間吃東西嗎？」

叔叔替自己倒了杯茶。佑斯圖把義大利香腸切成一片一片，再拿起一塊厚厚的麵包。

「你應該把香腸一片片攤開來鋪在麵包上，而不是把香腸一片片疊起來！」瑪蒂妲嬸嬸教訓他。

「這孩子還在長大，得多吃點。」叔叔替他講話。佑斯圖嘴裡塞

滿了食物，猛點頭表示同意。

「是該讓他長，」瑪蒂妲嬸嬸回嘴：「可是他應該要長高，而不是長胖！香腸裡幾乎是脂肪。來，拿點黃瓜去吃，黃瓜含有維他命，對身體有好處。」

佑斯圖和提圖斯叔叔相視而笑。

不久之後，佑斯圖躺在床上，夢想著海盜的祕密寶藏。

7

潛進海底

第二天早上佑斯圖差點睡過頭。他急忙衝下樓，正好跟瑪蒂妲嬸嬸撞個正著。

「早安，佑斯圖。怎麼啦？你們幾個又想去隨便逛逛嗎？」她微笑著說，一副覺得好笑的樣子。佑斯圖還來不及回答，嬸嬸就塞了個蘋果到他手裡：「你還是帶點吃的吧，免得回到家的時候又已經餓得半死。」

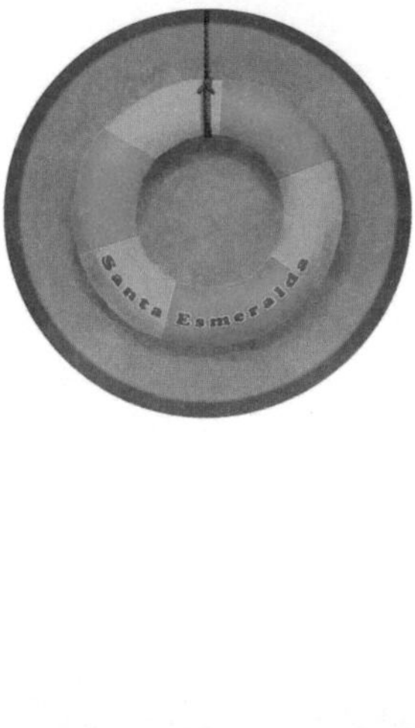

這次，佑斯圖難得跟嬸嬸的想法一致。他把背包拿過來，塞進一堆食物，趁著瑪蒂妲嬸嬸不注意的時候，把剩下那截義大利香腸也塞了進去。

佑斯圖是最後一個抵達咖啡壺的，彼得笑嘻嘻的跟他打招呼：「我們還以為你失蹤了呢。」

三人騎車去海灣的途中，鮑伯說起他的新發現：「昨天晚上我去翻了幾本我爸的歷史書籍。」鮑伯的爸爸在洛杉磯一家大報社擔任記者。「在某本書裡，我找到了另外那艘在魔鬼礁沉沒的船。那是『聖艾絲美拉達號』，是一艘小型商船，當時要開往舊金山，可是卻始終沒有抵達。後來，有人在這一帶的海岸找到一些寫著這艘船名的木板和救生圈。」

「這樣的話，還少了兩艘船：『聖奧莉維亞』和『聖伊莎貝拉』。」彼得說。

「這兩個船名我也找到了。」鮑伯繼續說：「這兩艘船好像也沉沒了，只是沒有人知道它們是在哪裡沉沒的，它們有可能躺在海底的任何地方。」

佑斯圖露出笑容：「至少我們現在知道，那些船名不是男孩寶寶自己亂編的。事情愈來愈有趣了。」

半小時之後，他們又到了海上，在氣墊上排排坐，划向寬廣的海面。

「那麼我就再去一趟！」彼得一邊喊，一邊滑進水裡。「說不定我馬上就會帶著一箱金子回來。如果我沒有浮出水面，那就是我被海怪吃掉了。」

可是他潛進海裡五次，唯一帶回來的東西就只有一根生鏽的叉子。他一臉失望，擦掉眼睛上鹹鹹的海水。「我最多只能潛到三公尺深的地方，那些礁石後面的海底很深，沒有氧氣筒是下不去的。真可惜，因為大部分的沉船殘骸一定都躺在那裡。」

這時候他們聽見一艘汽船的聲音從遠處傳來，是「諾提魯斯號」，正朝著三個問號開過來。三個男孩對著那艘觀光遊輪揮手。可是當遊輪愈靠愈近，他們發現船上只有三個人。

「嘿，你們看，在尼莫斯船長旁邊的是加油站的喬・米勒，戴著太陽眼鏡的是昨天那個巴士司機。」鮑伯說。

「看來他們是自己出來玩。」佑斯圖猜想。

「諾提魯斯號」放慢了速度，停在三個問號旁邊。這一次，米勒跟他們打招呼的態度不像昨天那麼友善，他凶巴巴的說：「你們在這裡幹麼？太常潛水對身體不好。」

尼莫斯船長看來也不怎麼高興碰到他們。「要玩水到別的地方去！不要到這裡來！」

三個男孩心裡很納悶，趕快划回岸邊，還聽見巴士司機在他們身後大喊：「我不想在這裡再看見你們！」

三人急忙攀著繩子，爬上陡峭的岩壁。到了上面，他們又朝著「諾提魯斯號」的方向瞄了一眼。那艘船剛剛下了錨，在海浪中一上一下的晃動。

「那些人是怎麼了？」彼得覺得奇怪。

鮑伯一邊擦乾眼鏡，一邊說：「我們應該要觀察他們一陣子。我猜得出他們想做什麼。」

三個小偵探躲在茂密的灌木叢後面，暗中窺伺觀光遊輪上的那三個人。鮑伯猜的沒錯，加油站的米勒和巴士司機穿上了潛水衣，消失在水裡。

諾提魯斯號

佑斯圖生氣的說：「我就知道。昨天我們不該告訴米勒我們是在哪裡撈到鐘的。現在他們那夥人要去尋找沉船殘骸，當然不希望有人打擾。如果他們找到了什麼，我們永遠也不會知道。可惡！現在就只剩下老男孩寶寶也許還能幫助我們。我建議我們再去加油站找他，反正米勒不在加油站。」

彼得和鮑伯馬上就同意了。

8

唱歌時間

老男孩寶寶又在忙著洗車。當他看見佑斯圖、彼得和鮑伯騎著腳踏車過來，他拍拍手，看起來很高興。

「我們能從他身上問出什麼呢？」鮑伯懷疑的問。

可是佑斯圖已經打定了主意，朝著老人走過去。「哈囉，我們想請教您一個問題。關於『聖安東妮雅號』，您知道些什麼呢？」

「用力向左划……大家齊努力……向聖安東妮雅說再見……」男

孩寶寶又唱了起來。

佑斯圖再問了他幾個問題，可是老人仍然只唱著奇怪的歌曲。佑斯圖又試了幾次，才終於放棄。「真可惜，老男孩寶寶大概真的瘋了。我們不可能從他那裡問出什麼有用的資訊。」

他們正打算離開，彼得忽然也唱起歌來。佑斯圖訝異的看著他，鮑伯也摸不著頭腦，搖著頭說：「看來唱歌是會傳染的。彼得，你還好嗎？我們該找個醫生來嗎？」

可是彼得還在唱：「聖安東妮雅……聖安東妮雅……發生了什麼事？……冰雹和榴彈……」

老人頓時滿面笑容，聆聽彼得唱歌，像是被迷住了。然後他隨著節拍揮動手臂，扯著嗓門大聲跟著唱：「噢，聖安東妮雅……大海把你帶走……噢，暴風中的黑夜……火焰熄滅了……」

直到這一刻，佑斯圖和鮑伯才明白彼得在做什麼：他用唱歌的方式跟老人聊天。兩個男孩向他們的朋友點點頭表示讚許，佑斯圖輕聲對彼得耳語：「別停下來！」

彼得和老人愈唱愈大聲，像兩個幼兒般跳起舞來，不斷編出新的曲調。

「聖伊莎貝拉，聖瑪莉亞……他們把你帶走了……聖奧莉維亞，大海是你的墳墓……戰利品在海灘上……搬到洞穴裡……無船的海盜……就是我們……」老男孩寶寶唱個不停，喜悅的眼淚從臉上滑落，消失在長長的白鬍子裡。突然，他伸手到衣領後面，從襯衫裡拉出一條項鍊，末端有個石頭做的墜子在搖晃。老人把項鍊遞給彼得，彼得把項鍊拿在手裡，有點不知所措。看來彼得接過項鍊是對的，因為老人歡天喜地的舉起手臂，露出笑容。

然後他擁抱了彼得，又唱起歌來：「快快睡，我的小馬……快快睡……再過不久，你就能回到我身邊……我的小馬……再過不久，你就能回到我身邊……你孤單了這麼久……這麼久……」唱到最後，他吃力的在人行道邊緣坐下，把臉埋在手裡。彼得困惑的看著他的兩個朋友，他們聳聳肩膀，不知道該怎麼辦。老人似乎在哭泣。

「走吧，彼得，我們最好讓他一個人靜一靜。」佑斯圖小聲的說。

當他們慢慢朝他們的腳踏車走過去，老男孩寶寶突然又站了起來，繼續一邊洗車，一邊開心的唱歌。

三個問號騎車離開了加油站，心裡有種奇怪的感覺。

他們騎了一段路，在轉彎的地方停下來，坐在路邊。佑斯圖從褲袋裡掏出一張紙和一枝筆。「我覺得老爺爺說的幾件事可能會對我們有幫助。我們應該趁著還記得的時候趕緊寫下來。彼得，你怎麼會想到唱歌這個好主意？」

「我也不知道，我就是靈機一動。」彼得回答，他有點臉紅。

佑斯圖開始寫。「不管怎麼樣，他又提到了另一艘船的名字。」

「聖瑪莉亞。」鮑伯還記得。

佑斯圖記了下來。「沒錯，然後他還提到在黑夜裡熄滅的火焰、無船的海盜，還有海灘上的戰利品。」

彼得打量著那個石頭做的墜子。「他還提到一個洞穴，也提到一匹小馬……為什麼他要把這個東西給我？這一切究竟有什麼意義？」

佑斯圖用拇指和食指捏著下脣，說：「這就像是玩拼圖遊戲。我們有一堆小小的碎片，現在只需要把它們正確的拼在一起。運氣好的話，最後就能拼出整張圖來。」

9 祕密記號

「這個墜子上好像有什麼東西，」彼得突然注意到，「如果仔細看，就能看出石頭上有很細的刮痕，好像有人用釘子刻出了什麼訊息。」

「拿來我看看！」鮑伯喊道，把墜子拿在陽光底下看。「彼得說的沒錯，我覺得這有點像一張地圖。你們看這裡！這些波浪狀的線條看起來就像大海，那條粗線也許是海灘。」

佑斯圖好奇的把石頭從鮑伯手裡拿過去。「這的確可能是大海。如果我沒有看錯，這裡就是有魔鬼礁的海灣。沒錯！海灣的前面甚至還有那座小島。那麼，這條線就是那一段陡峭的海岸。可是，海岸後面那四個小圓圈代表什麼呢？」

他們絞盡腦汁，想出各種可能性，一種比一種更瘋狂。到最後，佑斯圖搖搖頭說：「這樣想下去不會有結果。我提議我們再去一趟魔鬼礁，也許能在那裡找到謎底。」彼得和鮑伯表示同意。

這一次，他們接近那段陡峭的海岸時更加小心。他們並不想被米勒、尼莫斯船長和巴士司機看見。

「諾提魯斯號」仍然停泊在原先的位置。當三個問號冒著被看見的風險，偷偷瞄了一眼那艘船，剛好看見一個人從水裡冒出來，把某件東西扔到船上。

「我敢打賭，他們在海底找到了很多東西。」鮑伯小聲的說。彼得露出不屑的表情。「哼，只要有潛水裝備，誰都辦得到。我真想知道他們都撈到了什麼。」

「這件事我們可以晚一點再想辦法弄清楚，」佑斯圖插話：「我們應該先設法解開那個墜子的祕密。我們先在這附近看一看吧。」

公路和海岸之間是一大片岩石地，在布滿石頭的土地上，到處長著一叢叢的灌木、有刺的矮樹，還有被強風吹得變形的樹木。佑斯圖聚精會神的研究那個墜子，說：「如果我的推測沒錯，上面畫的那四個小圓圈的位置，應該差不多就在那邊。」

「也許那邊有四個兒童戲水池？」鮑伯笑嘻嘻的說。

佑斯圖覺得這並不好笑。「亂講。那一定是已經在那裡很久、很久的東西。也許是四棵大樹。」

彼得四處張望著，說：「你真會開玩笑。這裡就只有乾枯的小樹而已。」佑斯圖沒理他，繼續往前走。

可是彼得說的沒錯，沒有一棵樹看起來特別引人注目。辛辛苦苦的找了半小時之後，他們筋疲力盡的坐在一塊大石頭上。彼得脫下鞋子，把裡面的沙子倒出來，沮喪的呻吟：「如果連要找什麼都不知道，我們又怎麼可能找得到？」

就連佑斯圖也沒了主意，他唯一的提議是大家先吃點東西。他打開背包，把瑪蒂妲嬸嬸替他準備的食物分給大家：一個塑膠袋裡裝著幾塊夾了內餡的麵包和三顆蘋果。黃瓜他暫時還不想拿出來。他們一邊吃，一邊看著無雲的天空，誰也沒有說話。

「圓桌旁的野餐。」鮑伯喃喃的說。「圓桌」指的是他們所坐的那塊大石頭。

佑斯圖突然跳了起來。「沒錯！我們簡直瞎了眼！我們找得快累死了，結果我們就坐在它上面。我敢打賭，這塊大石頭就是那四個圓圈當中的一個。」

轉眼之間，大家的情緒又振奮了起來，分頭在附近找類似大小的石頭。

「這邊又有一塊大石頭！」一會兒之後，彼得大聲歡呼。

「我也找到了一塊！」鮑伯也跟著大喊。

第四塊石頭藏在折斷的樹幹之間，最後被佑斯圖找到。三個男孩聚在第四塊石頭旁邊商量。

彼得仔細觀察那個墜子。「我們想的應該沒錯，這四個圓圈的相對位置就跟這四塊大石頭一樣。可是這代表什麼呢？」

佑斯圖拿起一根樹枝，在沙地上畫了個正方形，並在每一個角放上一顆小石頭。「也許是有什麼東西藏在這個四方形裡？說不定這個墜子是張藏寶圖？」

「那這張藏寶圖也未免太爛了。這個四方形範圍就跟提圖斯叔叔的回收場一樣大，我們得花好幾年的時間找。」彼得喃喃抱怨著。

可是佑斯圖沒理他，專心的看著他在沙子上畫的圖。「真奇怪，我在電影裡看到的藏寶圖上都畫著一個十字。為什麼這個墜子上就只有四個圓圈？」

鮑伯把樹枝從他手裡拿過去。「佑佑說的沒錯。看起來應該是這個樣子——」他在佑斯圖畫在地上的四方形裡畫出一個大大的十字。這會兒他們三個同時看出了端倪。

佑斯圖拍了一下自己的額頭。「沒錯！如果我們畫出四個石頭之間的對角線，我們的藏寶圖上就有了十字！」

10

畫出十字

彼得打量著畫在地上的十字。「畫在地上很容易，可是在這一大片灌木叢裡，我們要怎麼畫線？畫出來的線一定是歪歪扭扭的。」

佑斯圖一邊在褲子口袋裡東翻西找，一邊說：「等一下，我有個主意。」他把一堆小東西一件件掏出來：迴紋針、螺絲釘、黏住的糖果、幾個晒衣夾，還有一捲厚厚的縫衣服用的線。「找到了，我就知道我有帶。」他露出笑容，把那捲線高高舉起。

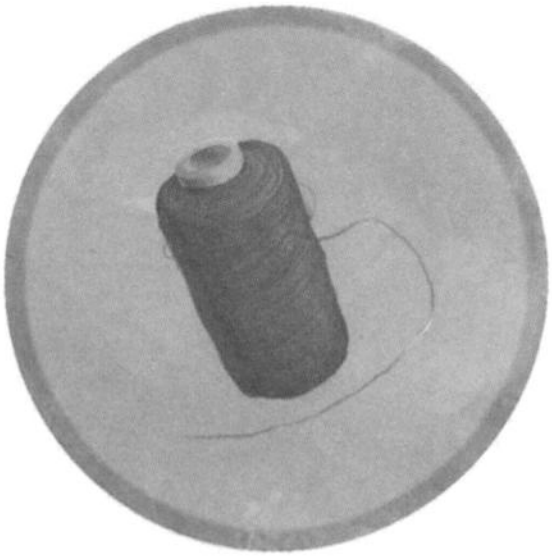

「你打算要補襪子嗎？」鮑伯笑他。

「真好笑。才不是呢。你們想想看，最筆直的東西是什麼？」

彼得先開口：「雷射光。」

佑斯圖回答：「沒錯，一條繃緊的線幾乎跟雷射光一樣直。我們把這捲線拉開，從一塊石頭拉到另一塊石頭上，四塊石頭可以拉出兩條對角線，而兩條線一定會在中間某個地方相交。那就是我們要找的位置。」

佑斯圖的點子又讓彼得和鮑伯目瞪口呆。他們立刻動手把線團拉開，把一端綁在其中一塊大石頭上，再拉著這條線走到對面那塊石頭去。

彼得有點擔心的說：「希望這條線夠長。」

「別擔心，這一捲線至少有五百公尺。不過線很細，小心別弄斷了。」佑斯圖說。

他們很快就拉起了第一條線，拉起第二條線也毫無困難。彼得用一副躍躍欲試的表情說：「我們現在來看看，兩條線相交的位置在哪裡。」

他們循著線走，不久就走到兩條線交叉的地方，三個男孩露出嚴肅的表情。

「所以說，謎底也許就藏在這裡。」鮑伯鄭重其事的宣布，一邊看著面前那一小塊沙地。「那我們就來快樂的挖沙子吧。」他笑著說。

三個問號開始用手挖沙子，炙熱的陽光照在他們身上，佑斯圖的鼻子上掛著汗珠。他們愈挖愈深，彼得找來一根堅硬的樹枝，不時把沙地挖鬆。等他們挖出一個幾乎及腰的大洞，彼得忽然碰到一個硬硬的東西。「太刺激了。聽起來像是木頭，難道會是一個箱子？」

現在他們更加賣力，不斷把沙子從洞裡挖出去。彼得說的沒錯，一塊木板的輪廓愈來愈清楚的顯露出來。沒多久，整塊木板就出現在他們眼前。

「彼得，把樹枝給我一下，」佑斯圖喘著氣說：「我來試試看把這塊板子從旁邊撬起來。」三個男孩一起用力，把木板稍微抬高了一點。

這時彼得趴到地上，說：「我覺得我已經可以把手指塞進去了。」他用力拉，終於把木板整個掀開。

可是眼前的東西完全出乎他們意料之外。「什麼也沒有！下面是一個空空的深洞。」彼得氣喘吁吁的說，一臉茫然。

佑斯圖把他推到一邊。「什麼叫做『什麼也沒有』？我們得先看看洞裡面有什麼。」他拿起一塊小石頭，讓石頭落進洞裡。他們聽見石頭咚咚的碰撞聲，過了一會兒才落地。

「看起來這個洞真的很深。」鮑伯驚訝的說，又扔了一顆小石頭下去。

佑斯圖很興奮。「我們找到了一個洞穴的入口。而且這個洞穴一定很特別，不然不會有人這麼費事的把入口遮住。」

「說不定這個洞穴很危險。」彼得小聲的加了一句。

佑斯圖把攀爬用的長繩子拿過來，一端綁在一根粗壯的樹幹上，把另一端垂進洞裡。彼得和鮑伯向後退了一步，佑斯圖咧嘴一笑：「我懂得你們的意思。好吧，我先下去，但你們可別跟著下來。」他的兩個朋友拚命點頭。

那個洞其實只是兩塊巨大岩石之間的縫隙。佑斯圖費了很大的功夫，才擠進那個狹窄的入口。只有小孩子才進得去，大人就毫無機會。他緊緊抓住繩子，慢慢往下降。等到他全身只剩下腦袋還露在外面，他又朝彼得和鮑伯看了一眼。「如果我大聲喊叫，你們就得馬上把我拉出來！」這是他對他們喊出的最後一句話。他的腿感覺到洞裡的涼氣，但是後悔已經來不及了。

11

爬進深洞

佑斯圖的周圍一片黑暗，只有一道細細的陽光從頭頂透進來，刺穿了洞裡布滿灰塵的空氣。他又往下降了一點，用腳觸到一塊凸出來的岩石，他很高興能踩在一個堅實的東西上。

他的眼睛漸漸適應了微弱的光線。他往下看，看見巨大的岩石層層堆疊，像一道階梯。「彼得，鮑伯，你們聽得見嗎？」他往上喊。

「要我們把你拉上來嗎？」兩個男孩齊聲回答。

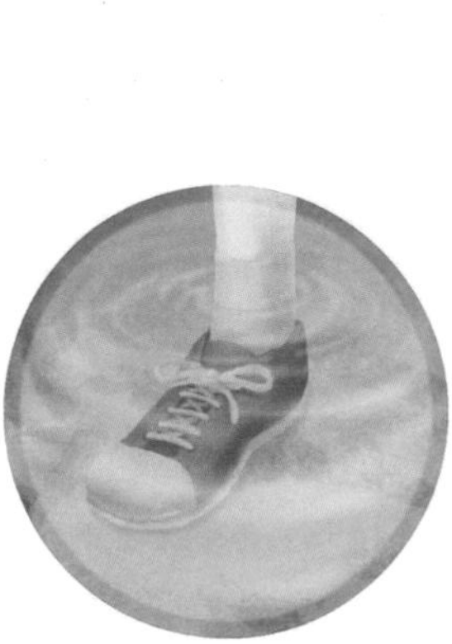

「不用。就算沒有繩子，從這裡也爬得出去。這個洞還很深，現在你們可以一起下來了。」

一會兒之後，鮑伯就站在佑斯圖的旁邊。彼得還猶豫了一下，然後鼓起勇氣，也爬了下來。岩石又溼又涼。他們小心翼翼，一公尺一公尺的繼續往下爬。

「小心，別滑倒了！」佑斯圖提醒他們。

空氣聞起來就像潮溼的地下室。每走一步，就有小石頭滾落，碰到岩壁後應聲碎裂。從洞口透進來的光線愈來愈微弱，到後來伸手不見五指。

「佑佑，我覺得我們現在最好回頭。我們沒有手電筒，這樣走實在太危險了。」鮑伯說。

佑斯圖也同意：「好吧，我們再爬回去。沒有光線就沒辦法再往下走。」他再往下踏了最後一步，忽然感覺到有種冰冷的東西滲進他的球鞋。他大聲尖叫，害彼得差點滑了一跤。

「沒事，沒事。只是水而已。」佑斯圖立刻就讓兩個朋友放下心來，「我只是嚇了一跳。看來這下面有一條小溪。不管了，我們下一次再來查看。」

彼得頭一個從通往外面的狹窄石縫擠出去，一會兒之後，三人又並肩站在平地上，和風吹過，讓他們又溫暖起來。隨後他們用那塊木板把洞口遮住，朝著放腳踏車的地方走去。

這時鮑伯突然小聲的說：「安靜！你們聽見了嗎？那是不是一艘輪船的引擎聲？」他們小心的走到海岸邊，望向海面。鮑伯沒有聽錯，「諾提魯斯號」發動了引擎，正在起錨，準備開船。

「我真想知道他們在海底找到了什麼。」彼得說。

「等他們從碼頭上岸的時候，也許我們應該去監視他們。」佑斯圖提議：「我們騎腳踏車過去的速度，跟他們駕駛輪船的速度至少一樣快。」彼得和鮑伯接受了他的提議，於是三個男孩就騎往漁人碼頭。

佑斯圖稍微高估了他們騎車的速度，因為當他們看見碼頭，「諾提魯斯號」已經停泊在老地方了。米勒和巴士司機正把潛水用的氧氣筒拖上碼頭。

「快！我們去躲在那些裝魚的箱子後面偷看。」彼得興奮的小聲說。

三人躲藏的地方，剛好能夠讓他們好好觀察拖著氧氣筒的那兩個人。那兩人直接走向一間很大的鐵皮屋，屋子上掛著一個牌子：尼莫斯觀光遊輪。兩個男子走進去，出來的時候兩手空空。

尼莫斯船長在「諾提魯斯號」上等他們，同時把一個大型塑膠箱子拖到甲板上。彼得看見了，輕輕推了推他的兩個朋友。米勒和巴士司機接過箱子，把這個塑膠箱也搬進鐵皮屋裡。最後他們聚在「諾提魯斯號」的甲板上，在躺椅上坐下。尼莫斯船長拿來三罐啤酒，分給一人一罐。三個問號聽見他們在大聲談笑。

「走，機會來了！」佑斯圖小聲的說。

彼得詫異的看著他。「佑佑，你打算做什麼？」

「那三個人暫時不會離開甲板，我們可以偷偷溜進鐵皮屋，去看看那個塑膠箱裡有什麼東西。」

12 搶奪寶藏

「萬一被他們發現怎麼辦？」彼得猶豫的問。

佑斯圖說：「那又怎麼樣？我們又沒做什麼壞事。必要的話，我們就說我們想買搭乘觀光遊輪的票。」

佑斯圖的話似乎沒有完全說服彼得，但他最後還是同意了這個計畫。趁著沒人注意，他們離開了藏身處，偷偷溜進鐵皮屋。屋子的側門是敞開的。

「你看，門是開著的，並沒有人禁止我們走進去。」佑斯圖笑嘻嘻的說。

鐵皮屋裡有好幾艘小船倒放在木架上，看來是放在這裡修理，並且重新上漆。空氣中有油漆和溶解劑的味道，到處堆著紙箱和一捲捲粗纜繩。

「我看見氧氣筒在後面，在那艘紅色救生艇旁邊。」鮑伯小聲的說：「我猜那個塑膠箱子應該也在那附近。」

氧氣筒靠放在鐵皮屋後端的牆上，前面鋪著攤開來晾乾的船帆。

鮑伯指著一張船帆說：「那下面好像有個四角形的東西，看起來很可疑。」他們小心翼翼的拉開那塊白色帆布。

佑斯圖高興的說：「看哪，是那個塑膠箱沒錯。我們趕快偷看一下裡面是什麼東西。」他輕輕打開箱蓋，把蓋子放在一邊。「你們快來看！」

箱子裡裝滿從海底撈到的東西，一眼看過去，可以辨識出有兩個銅鐘，一個圓形舷窗，和幾個掛在門上的牌子，雕刻得很精緻。

鮑伯從箱子裡拿出一個牌子。「有意思，看來米勒他們在『諾提魯斯號』上就已經把這些東西上面的珊瑚清除掉了。箱

子裡的東西上都有一艘船的名字。這個牌子上就寫著『聖奧莉維亞號，船長室』，圓窗上寫著『聖伊莎貝拉』，那個鐘上面清清楚楚的寫著『聖艾絲美拉達』。太神奇了，全都是男孩寶寶唱過的名字。」

忽然，他們聽見鐵皮屋前面有人大聲說話。

「小心，他們來了！」彼得壓低聲音說。他趕緊拿起箱蓋，放回箱子上。

佑斯圖把那塊帆布再鋪回去。「走，我們去躲在那艘紅色救生艇裡面！」

幾秒鐘之後，他們就蹲在小艇中，幾乎不敢呼吸。彼得氣呼呼的小聲說：「現在呢？佑佑，你原本不是打算說你要買船票的嗎？」

佑斯圖把食指擱在嘴脣上。「噓，他們進來了！」米勒、尼莫斯船長和巴士司機看來心情都很愉快，笑哈哈的直接走向放在帆布底下的箱子。

「讓我們再看一眼我們撈到的寶貝！」米勒喊道。

三個問號聽見帆布被拉開，米勒說：「我早就知道，海底下躺著不止兩艘船，那簡直就是一座船隻墳場。要不是那三個男孩把那個鐘拿給我看，我絕對不會再到那個地方去潛水。最近的大風浪把所有的東西都沖出來了，看看我們找到的東西：聖安東妮雅、聖艾絲美拉達、聖奧莉維亞、聖瑪莉亞……而且我猜，躺在那下面的船隻還不止這些。」

三個男人哈哈大笑，一邊翻動箱子裡的東西。佑斯圖、彼得和鮑伯小心的從救生艇的邊緣偷偷往外瞄。

尼莫斯船長正把那扇圓窗高高舉起。他問：「喬，有一件事我始終不懂。男孩寶寶怎麼會知道這些船的名字？」

米勒喝了一口手上的啤酒，擦擦嘴巴。「不知道。他把那些名字唱給我聽的時候，我也大吃一驚。想必是有什麼東西刺激了他報廢的腦袋，但那一定不是巧合，我知道那些船的確存在。天曉得這個老頭子身上藏著什麼祕密，反正我也不在乎。從今天開始，我們有重要的事得做。就只有我們知道這座船隻墳場，你們想像一下，那下面還有多少東西等著我們去撈？金子、銀子，什麼都有可能。重要的是，別讓那三個小鬼壞了我們的事。」

三個小偵探悄悄的把頭縮回去。

「那三個小鬼一定不會再出現！」尼莫斯船長大聲說：「我們今天把他們嚇壞了，他們一定嚇得尿褲子。我們還是先好好想一想，該把這個箱子收在哪裡！」

這時候巴士司機說話了，他提議：「放在那邊那艘救生艇裡如何？」三個問號嚇得呆住了。

「這個主意不錯，只可惜那艘小艇只是送來這兒修理的，明天就要交還。」尼莫斯船長回答。

到最後，箱子就留在原處。三個男人走開了。

鮑伯的嘴巴仍然張得大大的，他一邊有氣無力的說「我剛才真的差點尿褲子」，一邊爬出救生艇。然後他們又偷偷溜回放腳踏車的地方，約好第二天在咖啡壺碰面。

13

時空旅行

佑斯圖特地調了鬧鐘，免得又睡過頭。當他走進廚房，瑪蒂妲嬸嬸驚訝的看著他。

「咦，今天是星期天，你這麼早就起床啦？」

「我待會兒要跟彼得和鮑伯碰面。」

「我想也是，你們又要去隨便到處逛逛。」嬸嬸笑著說，替他倒了杯牛奶。

提圖斯叔叔埋頭看報，一邊高興的說：「你們看！老漢茲的農場下星期要舉辦拍賣會，他要把房子賣了，住到養老院去。說不定我能在那兒找到一些物美價廉的東西。」

瑪蒂妲嬸嬸搖搖頭。「提圖斯，算了吧，你別帶更多破銅爛鐵回來了！」

「瑪蒂妲，那不是破銅爛鐵，是有用的舊貨！」叔叔生氣的把報紙摺起來。

佑斯圖用湯匙吃著玉米片，一邊問道：「提圖斯叔叔，這附近的人你幾乎都認識，對不對？你也知道一個住在加油站的老爺爺嗎？在往聖塔莫妮卡的那個方向？」

「我當然知道，」叔叔回答：「你指的是老男孩寶寶。那個可憐的傢伙。」

「為什麼他是可憐的傢伙？」佑斯圖追問。

「唉，沒有人照顧他。喬・米勒，那個管加油站的，雖然讓老男孩寶寶住在那裡，可是他過的實在不是什麼好日子。沒有人知道男孩寶寶是從哪兒來的，事實上，他一直都在這裡。據說他還是個小孩子的時候，跟幾個奇怪的男子突然出現在這個地方。有一天，那些男子失蹤了，卻留下了男孩寶寶。他很可愛，脾氣也好，只可惜腦袋發育有點遲緩，就像個三歲小孩。你為什麼問起他來呢？」

「噢，就只是隨便問問。」

這一回，佑斯圖最早抵達咖啡壺。他利用其他人還沒到的這段時間，先把幾樣東西裝進背包。這個祕密基地不僅是三個問號的碰面地點，他們也在這裡存放了各式各樣的裝備。他把一支手電筒和一盒火柴裝進背包，昨天裝進去的義大利香腸也還在。他剛把東西裝好，他的兩個朋友就到了。

鮑伯很興奮，手裡拿著一本厚厚的書。「我一直讀到半夜，這本書講的是西部海岸的航海歷史。我們在找的那幾艘船，書裡面都有提到。」

彼得朝那本書看了一眼。「這件事你不是昨天就知道了嗎？」

「沒錯，可是現在我也查出了那是些什麼樣的船。在那個年代有很多螺旋槳輪船。」

「螺旋槳輪船？」這個名稱太奇怪了，佑斯圖不敢置信的重複了一次。

「沒錯。就跟從前的大帆船一樣，這些船也有船帆，可是它們也有蒸汽引擎，搭配著螺旋槳，做為前進的動力。那些失蹤的船全都是商船，多半行駛在墨西哥和舊金山之間。」

「船上都有些什麼呢？」彼得想知道。

「通常是些貨物，像是葡萄酒、咖啡、糖……各式各樣的貨物。不過，有人猜想船上偶爾也會運送別的東西：黃金！」

「黃金？」佑斯圖和彼得一起喊了出來。

「據說走私黃金的人是靠著船隻來把黃金偷偷運出邊境，例如藏在酒桶裡面。我敢打賭，米勒他們也知道這件事，否則他們不會對沉船的殘骸這麼感興趣。」

彼得吹了聲口哨，說：「這個訊息釐清了幾件事。可是我覺得奇怪，為什麼都沒有人在潛水的時候發現黃金呢？這跟那個洞穴又有什麼關係？」

佑斯圖抓起背包，喊著：「走吧！也許我們能找到答案。」

14 洞穴探險家

早晨的氣溫並不高，風也比前一天來得大。三個問號騎著腳踏車沿著濱海公路前進，聽見太平洋洶湧的浪濤聲從遠處傳來。這一次他們把腳踏車停在路邊，徒步走上後面那段岩石路。

當他們努力穿過灌木叢，彼得說：「今天的風真大，我想先去看大海一眼，一定看得到巨浪。」

佑斯圖和鮑伯表示同意，他們抵達陡峭海岸的邊緣，望向正在咆哮的太平洋。在浪花的白沫中，有一艘船在海上起起伏伏。

「嘿，那不是『諾提魯斯號』嗎？在礁石那邊。」鮑伯指著那艘觀光遊輪喊道。「他們一定又在潛水了，想去找那些走私的黃金。」

就在這一刻，尼莫斯船長和米勒走到甲板上，朝三個問號的方向望過來。

「快點趴下！把頭縮回來！」佑斯圖發號施令，一邊趴到地上。

「不知道他們是不是看見我們了？」彼得緊張的小聲說。

「不知道。不過，我們最好是像海豹一樣趴著離開。」佑斯圖說。

等他們爬到船上的人看不見的地方，三人這才站起來，拍掉身上的泥沙，隨即走向那個洞穴的入口。

一切看起來都跟他們昨天離開時一模一樣。他們很快的把鬆鬆的沙子扒開，那塊遮住洞穴入口的木板露了出來。彼得掀起沉重的木板，鮑伯把攀爬用的繩子捲起來背在肩膀上。

「那就出發囉。」佑斯圖大喊一聲，從背包裡拿出手電筒。他們一個接一個的消失在那道狹窄的石縫裡。

在手電筒的照射下，他們把洞穴看得更清楚。這個洞穴很深，就像礦坑裡的通道，有一部分坍塌了，到處都有巨大的岩石堆疊在一起。三個問號小心翼翼的往下爬。

佑斯圖把手電筒往下照。「你們看，昨天我就是踩進了那裡。我猜的沒錯，那是一條小溪。我覺得這整個洞穴都像是一個地下水脈。」

彼得證明佑斯圖說的沒錯。「這一定是個地下水脈。看看這些石壁，看得出幾千年前水從這裡衝過去的痕跡。現在這條水脈乾涸了，唯一留下的就是下面這條小溪。」

他們沿著小溪走，穿過一條低矮狹窄的隧道，只能爬著前進。小水滴從上面落下，劈劈啪啪的打在潮溼的岩石上。穿過這條窄小的通道，接著是一個大洞穴，後端被水淹沒，形成一座小湖。

「先有小溪，現在又有了游泳池。」鮑伯小聲的說。他想要笑，但他其實覺得這裡有點陰森，他的兩個朋友也有同感。

彼得說：「我們大概走到盡頭了，」他聽起來簡直像是鬆了一口氣。「看來這是條死路，沒辦法再往下走了。」

佑斯圖還不死心，拿著手電筒到處照。「這裡不可能是盡頭。這些水總得要從某個地方流出去。也許這條路要從那座小湖下面通過？」

彼得搖搖頭。「佑斯圖．尤納斯，我知道你在打什麼主意。你覺得我們當中有一個人應該下水，在水裡到處看一看。我也猜到了你心中的人選。嘿嘿……你別想！我才不幹呢。」

佑斯圖花了整整十分鐘來說服他。最後彼得才一邊罵，一邊滑進冷冷的水裡。「我發誓，這是我最後一次跟你們一起做這種事。」

他們把繩子綁在彼得的肚子上，以防萬一。彼得用力划了幾下，游到小湖的另一邊。

「那裡有什麼東西嗎？」鮑伯大聲喊，一邊慢慢把繩子鬆開。

「到目前為止，我還沒有發現什麼。我要去摸摸那些岩石。」

三個男孩的聲音在地洞裡迴盪了很久。

「找到了！我想從這裡可以繼續往前走。岩壁裡有個像隧道的通道，我要走進去看看，也許那後面還有路。如果我拉動繩子一下，就表示一切都沒問題；如果我拉動繩子兩下，你們就趕緊把我拉回去。」

說完，彼得就消失在黑暗中。其他兩人緊張的牢牢抓住繩子。

15 潛入湖底

過了很久，什麼事也沒發生。佑斯圖和鮑伯專心的盯著那條繩子。突然，他們感覺到繩子動了一下。

「那是第一下。」鮑伯緊張的小聲說。可是繩子就只動了一次。

佑斯圖放鬆下來，深深吸了一口氣。「看吧，那後頭還有路。」

一會兒之後，彼得又從水裡冒出頭來，甩甩溼透的頭髮。「這個地道差不多有兩公尺長，得要游過去，頭上勉強還有一點空間，讓我

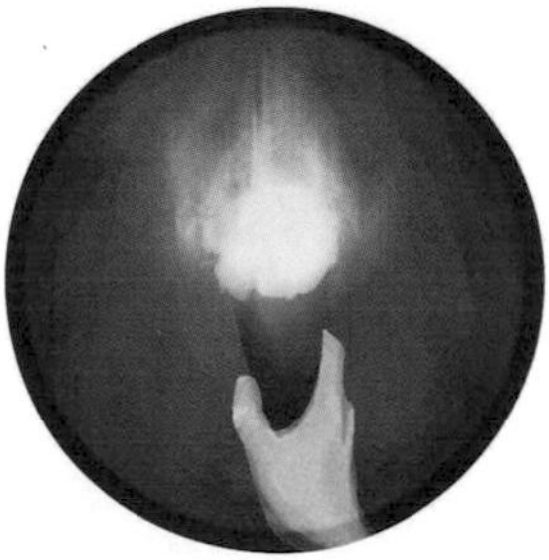

能把頭抬出水面。不過，穿過地道之後，的確還可以再往下走。只可惜那邊黑漆漆的，我什麼也看不見。」

「好，現在我們只需要想個辦法把手電筒帶過去，但是不能弄溼。」佑斯圖一邊說，一邊在背包裡翻找。「我們可以用瑪蒂妲嬸嬸替我們裝麵包的塑膠袋。」

他把手電筒和火柴裝進塑膠袋裡，並在袋口打了一個結。接著他們把繩子的一端綁在岩石上，等他們要回來的時候，就可以攀著這條繩子。

彼得再度游到湖的另一邊，穿過那條隧道，隨後又扯動繩子一下。

「那就出發吧。」鮑伯嘆了一口氣，跟著下水。接著佑斯圖也滑進水裡，把背包推在前面。四周一片漆黑，他趕緊抓住繩子向前游。在他頭上是隧道頂部冷冷的岩石。

「佑佑，我們在這兒。」佑斯圖突然聽見兩個熟悉的聲音，他很高興鮑伯和彼得就在身邊。

三個男孩攀住一塊突出水面的岩石，佑斯圖小心翼翼的打開背包，把手電筒從塑膠袋裡拿出來。

「小心點，別把手電筒弄溼了。」彼得說。接著佑斯圖打開手電筒的開關。

眼前的景象實在太不可思議，三個問號很久都說不出話來。

「太酷了！」鮑伯輕聲說。

他們置身於一個巨大的洞穴裡，洞穴又深又寬，就像一座大廳。粗大的石筍懸掛在洞穴頂部，有些一路垂到地面。在手電筒照射下，奇形怪狀的石頭在岩壁上投下陰森森的影子。水滴落下的聲音從四面八方傳出回聲。

「我從來沒見過像這樣的地方。」彼得讚歎的說。

他們從水裡爬出來，冷得打顫，四下張望，小心的摸索著向前走。地上又溼又滑，大塊岩石在前方聳立，形成一片巨大的牆。突然，手電筒的光暗了下來，開始閃動。

「糟了，手電筒可能還是弄溼了。」佑斯圖生氣的大喊，岩石把

這句話的回聲又拋了回來。

「現在該怎麼辦？」彼得小聲的說，不安的東張西望。

佑斯圖揉著下脣。「讓我想一想。沒有光線我們就無法往前走。」接著他把火柴從塑膠袋裡拿出來，鬆了一口氣的說：「這看起來還算是乾的。」

佑斯圖的話並沒有讓彼得安心。「火柴一下子就用完了！在這裡我看不見任何乾燥的東西，能讓我們用火點燃。」

佑斯圖似乎沒聽見彼得的話，他又伸手到背包裡，把那半截義大利香腸拿出來。

這下子彼得受夠了。「居然有這種事！我們碰上了麻煩，佑佑卻又只想到『吃』！」

「我沒打算吃香腸。」佑斯圖要他放心，「你們看著吧，說不定會成功喔。」

他用一根火柴在香腸裡挖出一個小洞，再從鞋子上抽掉鞋帶，把鞋帶塞進香腸裡的小洞，直到只剩下一小段露在外面。「世界首演，」他笑嘻嘻的說：「全世界第一支香腸蠟燭。」

鮑伯搖搖頭。「如果它能夠點燃，我就把我的眼鏡吃掉。」

佑斯圖拿起火柴，在火柴盒潮溼的摩擦面上劃了一下，一連試了幾次都沒點著，到最後盒裡只剩下兩根火柴。當倒數第二根火柴也沒有點燃，佑斯圖試著把火柴盒的摩擦面吹乾。

「這是最後一根了。」他說，語氣很沒把握。可是這一次他的運氣很好，火柴冒出火光，佑斯圖趕緊把火湊到鞋帶做成的燭芯上。潮溼的鞋帶在火裡吱吱作響，但還是慢慢點燃了。

佑斯圖露出笑容。「成功了！義大利香腸幾乎全是油脂，拿來當蠟燭用沒有問題。油脂會被鞋帶吸收，在鞋帶上繼續燃燒，就像燭芯吸收蠟之後燃燒一樣。從前甚至還有用鯨油做的燈呢。」

彼得和鮑伯看著他們的朋友，一臉敬佩。

這時候手電筒的光已經完全熄滅。在香腸蠟燭搖曳的燭光下，他們繼續向前走。

16

海盜的墓穴

尖銳的岩石在洞穴裡到處聳立。

「看來，這個洞穴曾經崩塌過。」鮑伯猜想。

他們走得愈深，空氣就愈涼。大洞穴的四周還有走道通往較小的洞穴，但許多通道被落石堵住了，無法通行。佑斯圖拿著香腸蠟燭走在前面，替大家照路。在一個轉彎的地方，他忽然停下腳步，轉過頭來，目瞪口呆的對他的兩個朋友說：「你們一定不相信我在前面看到了什麼。」

彼得和鮑伯往前衝，然後他們也看見了：在岩壁的一個大凹洞裡放著好幾張床、一張圓桌、成堆的木柴，還有數不清的木箱和木桶。桌上擺著杯子和盤子，許多椅子亂七八糟的倒在地上。

三個問號張大了嘴巴。

第一個說出話來的人是鮑伯。「哇，這裡曾經有人住過。」

彼得向後退了一步。「你為什麼說『曾經』？搞不好現在還有人住在這裡呢。」他輕聲的說，害怕的四處張望。

佑斯圖走到桌旁看了看，安慰彼得說：「看起來，這張桌子已經一百年都沒有人碰過了。」

他們小心的檢查這個地方。床是用歪歪扭扭的木板釘成的，木頭已經腐朽，毯子一伸手碰就化為灰塵。當他們去翻那些箱子，發現裡面的東西全都來自船上，像是舵輪、救生圈、船上用的燈、儀表板……。他們頓時明白了一切。

「沉船的殘骸！」彼得大喊：「這些全都是沉船上的東西。你們看，這上面甚至還寫著船名：聖奧莉維亞……那個救生圈上也寫著：聖艾絲美拉達……現在我們知道這裡是什麼地方了：打劫沉船的強盜就躲在這裡！他們住在這個洞穴裡，每次有船隻在暴風中撞毀在礁石上，他們就去搶奪船上的東西。」

三人興奮的跑來跑去，發現了愈來愈多關於這個理論的證據。佑斯圖用香腸蠟燭照著岩壁，「你們看，牆上寫滿了字。也許是用炭筆寫的，就像壁畫一樣。例如，這裡寫著：

暴風在呼喚，

火焰熄滅了，

死神和魔鬼在黑夜降臨，

替我們帶來黃金。」

佑斯圖又大聲唸了一遍，然後在一張椅子上坐下。「現在我全都明白了。這張拼圖愈來愈完整，我想我們幾乎已經解開了這個謎題。那些船隻會撞上礁石而沉沒不是偶然，而是那些強盜造成的。岩壁上寫著：火焰熄滅了。在颳起暴風的夜裡，一定是有個強盜去那座小島把示警的火堆弄熄了。水手看不見示警的火光，在黑暗中又無法判斷方向，就撞上了礁石。那群海盜就把漂到岸上的殘骸全收集起來，其餘的東西就被大海吞沒。真是可怕。」

他的兩個朋友在他旁邊坐下，三個人都沉默下來。

香腸蠟燭快燒完了，彼得在海盜生火的地方堆起柴火，一會兒之後，明亮的火光就劈里啪啦的燃起。三個問號在火堆旁取暖，影子在岩壁上晃動，他們覺得彷彿能聽見海盜在大叫大笑。

鮑伯又仔細去看寫在岩壁上的文字，發現在文字下方還畫著一張小圖。「你們快過來看，看起來像是這個洞穴的平面圖。這裡是大廳，就是我們現在所在的位置。就連穿過那座小湖的路也畫出來了。」

此刻彼得也站在那片岩壁前面。「鮑伯說的沒錯。不過，在這張圖上，從這座大廳還有通道通往其他地方，可是現在我卻看不見這些通道。圖上這條寬寬的走道想必可以直接通往海灣。沒錯！當年那裡一定是有一條通道。海盜可以把戰利品從海灘上直接搬到洞穴裡。」

佑斯圖看看四周。「我猜想那條通道已經被掩埋了。也許是發生了一場地震？在加州常常有小型地震。那些海盜從椅子上跳起來，扔下了所有的東西，驚慌失措的從那條寬寬的地道跑出去。他們想跑到海灘上……可是地道大概是崩塌了。」

彼得嚥了一口口水。「意思是說，這條地道成了他們的墳墓？」

佑斯圖聳聳肩膀。「這只是我的猜測……不過，我想我沒有猜錯。」

這會兒，在這個洞穴裡他們全都感到不太自在。彼得不安的四下張望，突然站起來，朝一張床走過去。

「你想要睡覺嗎？」鮑伯喊道，大聲的笑了笑，彷彿想要緩和一下氣氛。

但彼得把那張床稍微推開，指著他先前發現的東西說：「你們看，這裡還有一張小孩子睡的小床，上面躺著……噢……上面躺著一匹木頭做的玩具小馬……」

佑斯圖跑過去，把那個玩具拿在手上。「現在那張拼圖完整了。所以……這就是老男孩寶寶的祕密。他小時候跟那些海盜一起住在這裡，所以他才會唱那些歌曲。這就是他的小馬……可憐的男孩寶寶……海盜收容了他，就跟加油站的米勒收留了他一樣。他全部的回憶就是這匹小馬、那些歌曲和那幾艘船的名字。現在我也明白了，為什麼那次洞穴崩塌，只有他一個人逃了出去。他一定是從我們進來的那個入口逃走的，因為只有小孩子才能通過那個狹窄的洞口，那些海盜卻逃不出去。後來一定也是男孩寶寶把那塊木板推過去蓋住了洞口，很可能他再也不想進去。其實他並不笨，否則他也不會把那張地圖刻在石頭墜子上。」

鮑伯點點頭。「也許他一輩子都在等待，等待有人敢到洞裡去把他的小馬拿出來。而這件事當然只有一個小孩能辦到，所以他才挑中了彼得，把石頭墜子給了他。」

這許多念頭讓三個問號覺得頭暈。他們筋疲力盡的坐在一個木箱上，佑斯圖把那匹小馬塞進背包。忽然「啪啦」一聲，腐朽的木箱被他們坐垮了，而他們看見了他們從未見過的東西：在斷裂的木頭之間，有個東西閃閃發亮，他們異口同聲的喊了出來：「黃金！」

17 財迷心竅

三個人簡直不敢相信，整個箱子裡都是長長短短的金條。彼得拿了一根在手上，「哇，是純金呢。真有這種事！所以說，把黃金藏在酒桶裡走私的故事的確是真的。」

他們圍成一圈，盯著那些發亮的金條，不知所措。由於太興奮了，每個人的心都怦怦跳，像要從喉嚨裡跳出來。佑斯圖覺得他甚至能聽見心跳的聲音。還是……那並不是他的心跳聲？「嘿，你們也聽見了嗎？」他問彼得和鮑伯。

他們緊張的豎起耳朵，聽見在一片寂靜之中有個悶悶的敲擊聲。

「那是什麼聲音？」彼得嚇了一跳。這時有個小石塊從洞穴頂部脫落，掉到地上。

「難道是地震嗎？」鮑伯問。

佑斯圖搖搖頭。「地震要來不會先敲門。我覺得好像是有人從外面在敲石壁。自從當年坍塌過後，這個洞穴看來不怎麼堅固。」

悶悶的敲打聲繼續傳來，一聲一聲很規律，不斷在洞穴裡迴響。

突然，響聲停止了。

「敲打聲消失了，可是洞穴頂部還是一直有小石塊掉下來。」彼得擔心的說：「我們最好先離開，等一切都平靜下來之後再回來。」佑斯圖和鮑伯也看出彼得說的沒錯。他們各自從火堆裡抽出一根燃燒中的木柴，像火把一樣拿在手裡。

「那個湖就在前面轉角的地方！」鮑伯喊道，率先向前跑。

當他們來到湖邊，佑斯圖拿起繩子，把末端綁在一塊岩石上。「下次來的時候，我們就可以扶著繩子走過來。」他解釋。可是他才剛把繩子綁好，繩子就一下子被拉直了，繃得緊緊的。「有人從另一頭拉繩子。」他吃驚的說。

三個問號面面相覷，不知所措。彼得扔掉火把，轉過身去。「我根本不想知道是誰在拉繩子。我的直覺告訴我，我們最好是先躲起來。」

這一次，佑斯圖和鮑伯也跟他意見一致。他們也把火把留在地上，爬到高聳的岩石後面。

他們在岩石背後發現了一小塊凹進去的地方，盡可能的往裡面擠。佑斯圖小心的抬起頭，剛好能夠看見湖面。

「你看見什麼了？」鮑伯輕聲的問。

「到目前為止，什麼也沒看見。」擱在湖邊的火把還在燃燒，黑黝黝的湖浸在鬼氣森森的火光裡。「等一下，現在我看得出有個東西了。」

彼得又往凹洞裡縮進去了一點。

佑斯圖說：「有人從水裡出來了，那個人是米勒。他旁邊還有尼莫斯船長和巴士司機。現在我也猜到了那陣敲擊聲是哪裡來的。他們大概是把狹窄的入口給鑿開了，這樣他們才進得來。」

米勒拾起一支火把，舉在半空中。「哈囉，你們聽得見我說話嗎？我知道你們幾個小傢伙在這裡。我們從『諾提魯斯號』上看見你們在海岸邊。你們不該把腳踏車停在路邊的，這讓我們很輕鬆就找到了洞穴的入口。天曉得你們是怎麼發現這裡的。不過，這反正也不重要了。現在出來吧！如果你們不乖乖的出來，我們只好去把你們抓出來。怎麼樣？」

三個問號屏住了呼吸。

「好吧，隨便你們。那我們就來玩一下捉迷藏。呵呵……你們在哪裡？」

尼莫斯船長和巴士司機跟在他後面。

「你還看得見他們嗎？」鮑伯湊在佑斯圖耳朵旁低語。

「看不見了，他們走過轉角了，馬上就會發現強盜住的地方。」

佑斯圖想的沒錯，米勒的聲音忽然從遠處傳來：「你們看！在海岸打劫的強盜……我早就料到了。」沒多久，那三個人似乎也發現了那些黃金，興奮的大喊大叫，貪婪的叫聲像狂風一樣在岩壁間迴盪。

「機會來了，」鮑伯輕聲的說：「走，我們趕緊到湖邊去，快點離開這裡。」

三個問號一溜煙的從凹洞爬出來，越過那塊岩石往回爬。幾塊石頭滾落，掉到地上發出咚咚聲。

「那是什麼聲音？」尼莫斯船長喊道：「該不會是那三個小鬼吧？走，我們去抓他們。」

佑斯圖、彼得和鮑伯噗通一聲跳進水裡。

「我聽見他們過來了。」彼得一邊吐氣，一邊游向那個隧道。三個男孩攀著繩索回到湖的另一邊。一盞燈擺在一塊凸出的岩石上，光線很強，照亮了整個地方。看來是那三個男子把燈放在那裡的。

鮑伯拿起那盞燈，跑向爬出洞穴的通道。「快來，佑佑，別管那條繩子了！」他對著他的朋友大喊。

佑斯圖說：「等一下，我要把繩子解開。這樣他們就沒辦法再攀著繩子過來，我們就能有多一點時間。」

隨後他也跟在鮑伯和彼得的後面往前爬，不久之後，他們就站在洞穴入口下方的石縫通道底下。三個男子的聲音從遠處傳過來。

「快點，他們一定是剛剛從水裡出來。」鮑伯喘著氣說，率先爬上堆疊的岩石。彼得跟在他後面爬了出去。入口旁邊還擺著鎚子和鑿子，米勒他們就是用這些工具把狹窄的石縫鑿寬了。

「佑斯圖，你怎麼了？」鮑伯朝下面大喊。

「可惡，我滑了一跤。現在我來了！」佑斯圖回喊。可是那三個男子也來了。佑斯圖聽見米勒在他後面靈活的爬上岩石。佑斯圖的腦袋才剛剛伸出洞口，米勒就從下面抓住了他的腳。

18

千鈞一髮

佑斯圖驚慌失措的看著他的兩個朋友。鮑伯突然抓起一把沙子，不假思索的朝洞裡扔下去，扔到米勒的臉上。米勒大聲咒罵，放開了佑斯圖的腳，用手揉自己的眼睛。

「佑佑，快點出來！」鮑伯大喊，並和彼得一起把他拉上來。然後他們用最後的力氣把那塊沉重的木板推過去蓋住入口。洞口雖然被米勒他們鑿大了，但木板的大小仍然足夠把洞口蓋住。就在這一刻，

米勒從下面往上頂——三個問號的想法一致，一起跳上那塊木板。佑斯圖這輩子第一次為自己的體重感到高興。

「我們得在木板的四邊再堆點沙子！」他喊道。這也的確必要，因為現在那三個男子在下面一起用力推。

「把這個該死的蓋子打開！否則你們就有苦頭吃！」米勒氣得大吼。

三個問號可沒打算聽話，又堆了更多沙子上去。

「用這種方式，我們擋不了他們太久。」佑斯圖上氣不接下氣的說：「彼得，你動作最快，趕緊去牽腳踏車，騎車去報警。你可以從加油站打電話給雷諾斯警探，反正米勒不在加油站。」

彼得同意了，立刻出發。

其他兩人還持續聽見三個男子在下面大吼大叫。

過了一會兒，下面安靜了下來。

鮑伯說：「他們放棄了。他們知道自己沒有機會。」他鬆了一口氣。可是沒多久他就失望了，因為現在從下面傳來用力敲打木板的聲音。

「可惡，他們大概是從海盜住的地方拿來了什麼尖銳的工具，也許是一把斧頭。」佑斯圖猜想，又朝蓋子上堆了更多沙子。

下面不斷傳來敲打木板的聲音，也聽得見木屑掉落的聲音。

「不知道這塊木板還能撐多久？」佑斯圖小聲的說。

時間一分一秒的過去，木板上的沙粒在敲打下顫動。

「我們最好還是開溜。」鮑伯提議：「我想彼得和雷諾斯警探沒辦法及時趕到了。」

可是要逃跑也已經太遲了。突然啪的一聲，木板裂開之後往下掉，沙子像沙漏一樣往下流。佑斯圖和鮑伯嚇呆了，面面相覷。他們聽見那三個男子在下面大聲咳嗽，從洞裡冒出一陣陣灰塵。

一雙手攀在洞口邊緣，接著米勒

探出頭來，獰笑著說：「哈囉，親愛的小朋友，我們又見面了。」鮑伯和佑斯圖嚇壞了，趕緊往後退。接著尼莫斯船長和巴士司機也爬了出來，生氣的臉上滿是灰塵。

「哼，讓我們來想一想，該怎麼處置這幾個小鬼。」船長說，朝著髒兮兮的手裡吐了一口口水。

「不必想了！」是雷諾斯警探洪亮的聲音。他在最後一刻趕到，快步走向這三個男子，他的皮帶上佩著手槍。「你們被逮捕了，我勸你們不要抵抗。這個男孩把一切都告訴我了。」彼得站在他身後，笑得合不攏嘴。佑斯圖和鮑伯鬆了一口氣，拍拍彼得的肩膀。

「嘿，我真高興你騎車騎得這麼快。」鮑伯笑著說。

「其實我只騎了一小段路。我從加油站打電話給雷諾斯警探之後，他就開車來接我。我們是搭警車過來的。看來我們來得正是時候。」彼得說：「你們看，我把誰也一起帶來了？」

他轉過身，老男孩寶寶遲疑的從灌木叢裡走出來。

突然，地面開始微微顫動，動得愈來愈厲害，直到整塊土地都開始震動。隨之而來的是洞裡岩石爆裂發出的巨響。

「洞穴要塌了！」佑斯圖大喊，他嚇壞了，向後倒退一步。接著地底深處轟隆隆的響了好幾秒，沙石像噴泉一樣從洞穴入口噴出來。

「那些金子！」米勒發出哀嚎：「那麼多的黃金……全都泡湯了……」他全身無力的癱坐在地上。就是因為他們用鑿子去鑿洞口，才導致洞穴崩塌。

雷諾斯摘下警帽。「唉，不管那下面有什麼東西，我們永遠也不會知道了。那些海盜把他們的祕密帶進了墳墓。」

在他們身後，老男孩寶寶忽然唱起歌來，把一雙手臂舉向天空。

「噢，亡魂的黃金……在暴風中得來毫不費功夫……海底的死神和魔鬼……安息吧，海中的鬼魂……」

佑斯圖緩緩朝他走過去，從背包裡拿出那匹木頭小馬。當老人把小馬拿在手裡，他原本疲倦的雙眼露出光芒，像個快樂的小孩。

3個問號偵探團——05

海盜的墓穴

作者｜晤爾伏・布朗克（Ulf Blanck）
繪者｜阿力
譯者｜姬健梅

責任編輯｜呂育修
封面設計｜陳宛昀
行銷企劃｜吳函臻

發行人｜殷允芃
創辦人兼執行長｜何琦瑜
副總經理｜林彥傑
總監｜林欣靜
版權專員｜何晨瑋、黃微真

出版者｜親子天下股份有限公司
地址｜台北市104建國北路一段96號4樓
電話｜（02）2509-2800　傳真｜（02）2509-2462
網址｜www.parenting.com.tw
讀者服務專線｜（02）2662-0332　週一～週五：09:00~17:30
傳真｜（02）2662-6048　客服信箱｜bill@cw.com.tw
法律顧問｜台英國際商務法律事務所・羅明通律師
製版印刷｜中原造像股份有限公司
總經銷｜大和圖書有限公司　電話：（02）8990-2588

出版日期｜2021年4月第二版第一次印行

定價｜300元
書號｜BKKC0041P
ISBN｜978-957-503-959-2（平裝）

訂購服務

親子天下Shopping｜shopping.parenting.com.tw
海外・大量訂購｜parenting@cw.com.tw
書香花園｜台北市建國北路二段6巷11號　電話（02）2506-1635
劃撥帳號｜50331356　親子天下股份有限公司

立即購買＞

國家圖書館出版品預行編目資料

3個問號偵探團. 5, 海盜的墓穴 / 晤爾伏.布朗克文；阿力圖；姬健梅譯. -- 第二版. -- 臺北市：親子天下股份有限公司, 2021.04
面；　公分
譯自：Die drei ??? Kids Gruft der Piraten
ISBN 978-957-503-959-2(平裝)

875.596　　110002702